S0-AAN-897

EL PRÍNCIPE RANA

Para Tony y Lisa – J. E.

Para mis hijos. Mis verdaderos príncipes – P. B.

Título original: *Prince Ribbit*
Traducción: Rocío de Isasa
Adaptación de cubierta: Juan A. García

© del texto: Jonathan Emmett, 2016
© de las ilustraciones: Poly Bernatene, 2016
© de la traducción: Rocío de Isasa, 2016
© MAEVA EDICIONES, 2016
Benito Castro, 6
28028 MADRID
www.maevayoung.es

ISBN: 978-84-16690-01-5
Depósito legal: M-3.791-2016

Impreso en China

Jonathan Emmett

Poly Bernatene

EL PRÍNCIPE RANA

MAEVA young

"La princesa y el príncipe Rana vivieron felices y comieron perdices", leyó la princesa Marcela, y cerró el libro con un suspiro de satisfacción.

—Después de lo mal que lo trató, esa princesa boba tuvo mucha suerte de casarse con el príncipe —declaró la princesa Margarita.

—Si alguna vez me encuentro con una rana que hable, no cometeré el mismo error —añadió Marcela.

La princesa Marta puso los ojos en blanco. Le interesaban más los libros serios que los cuentos, y las ranas de verdad más que las encantadas. Había escuchado a una rana croar en el estanque real, pero nunca la había visto.

Esa pequeña debe de ser muy lista, pensó Marta.

La princesa Marta tenía razón. Aquella rana era muy lista. A menudo escuchaba las historias de príncipes y princesas de sus hermanas, y cuantas más oía más ganas le entraban de vivir como un verdadero príncipe.

Soñaba con dormir en una cama suave, comer cosas deliciosas y ponerse una corona brillante. Y así, tras mucho pensar, se le ocurrió un ingenioso plan para hacer realidad su sueño...

—¡PUAJ! ¡Fuera de aquí, pequeña bestia babosa! —gritaron Margarita y Marcela cuando la rana saltó frente a ellas.

Pero en vez de zambullirse en el estanque, la rana carraspeó e hizo una reverencia.

—Señoritas, permítanme que me presente —dijo la astuta rana—, soy el príncipe Rana.

Margarita y Marcela se quedaron mirándola con la boca abierta. Pero Marta estaba encantada: —¡Es una RANA! —exclamó—. ¡UNA RANA QUE HABLA!

—¡Era tan increíblemente guapo que un mago envidioso me convirtió en una rana! Ojalá hubiera una forma de romper el hechizo —se lamentó la rana.

—¡Claro que la hay! —exclamó Marcela—. Lo cuentan en este libro. Solo tiene que cuidarte una princesa tan guapa como yo.

—¡O tan guapa como YO! —afirmó Margarita—. Y después volverás a ser increíblemente guapo, y viviremos felices por siempre jamás.

Margarita y Marcela se llevaron al príncipe Rana
al palacio, y lo mimaron y agasajaron.

Margarita le dejó
dormir en su almohada...

...mientras que Marcela le
permitió comer de su plato.

Pero cuanto más observaba la princesa Marta a aquella rana, más sospechas le despertaba.

—¿Por qué le hacéis tantísimo caso? —preguntó mientras el príncipe Rana saltaba en la mesa del comedor.

—Porque es un príncipe encantado —declaró Marcela—
y así es como podremos romper el hechizo.

—Solo porque se cuente en un libro no
significa que sea cierto —afirmó Marta.

Y se marchó a la Biblioteca Real para investigar la verdad sobre las ranas.

—La mamá rana pone huevos —explicó a sus hermanas—, luego los huevos se convierten en renacuajos, y los renacuajos en ranas. Pero las ranas ¡NUNCA se convierten en príncipes!

—Solo porque se cuente en un libro no significa que sea cierto —contestaron sus hermanas.

Así que las princesas siguieron mimando y agasajando
al príncipe Rana.

Le dejaron dormir en la cama
más alta y más mullida...

...y le dieron los mejores trajes y una corona nueva y brillante.

Marta era la única persona que veía a aquella rana tal y como era de verdad.

—Serás muy lista, pero no eres más que una
rana normal y corriente —insistía.

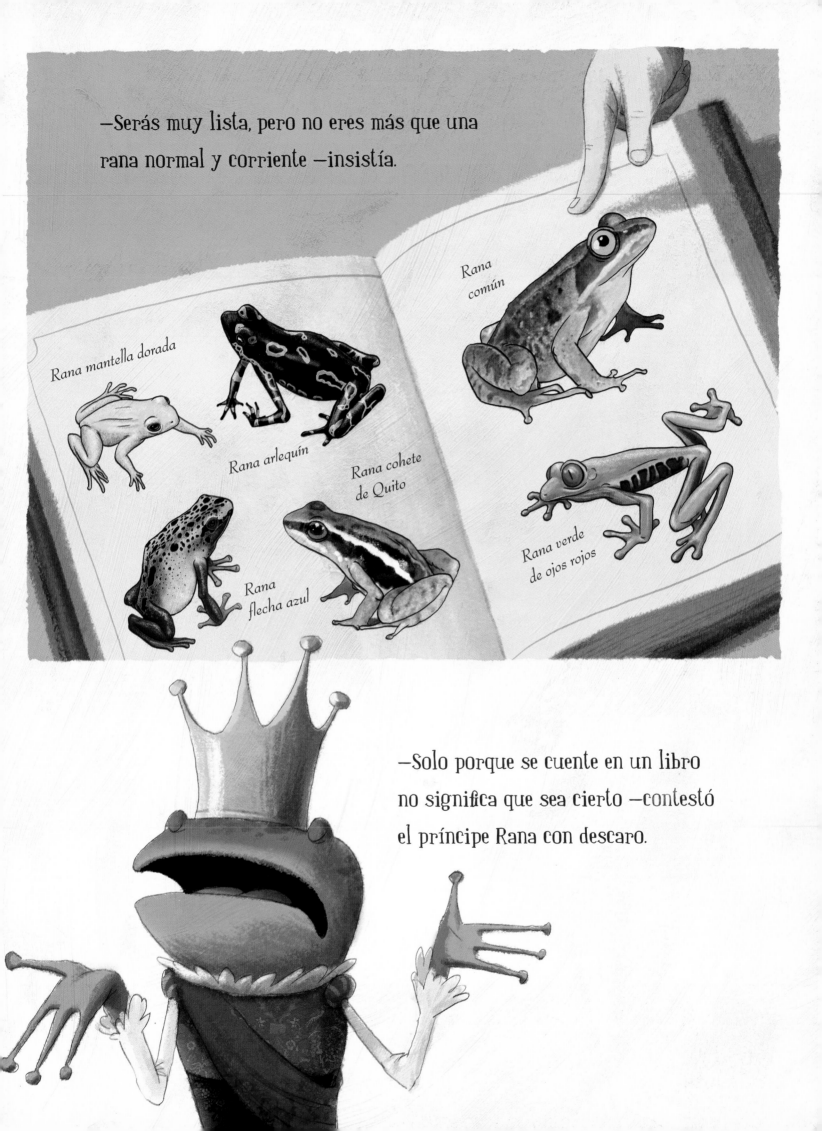

Rana mantella dorada

Rana arlequín

Rana cohete
de Quito

Rana común

Rana verde
de ojos rojos

Rana
flecha azul

—Solo porque se cuente en un libro
no significa que sea cierto —contestó
el príncipe Rana con descaro.

Esto es inútil, pensó Marta. Mis hermanas nunca me creerán, a pesar de los libros de ciencia y las enciclopedias que les pueda enseñar. Pero supongo que yo también lo he hecho mal porque nunca he leído sus libros de cuentos. A lo mejor debería...

Así que Marta cogió un montón de cuentos de hadas y empezó a leer.

Y se sorprendió al descubrir que, aunque aquellas historias probablemente no eran verdad, eran emocionantes, divertidas y **ALUCINANTES**.

Cuando terminó de leer todos aquellos cuentos, supo exactamente lo que tenía que hacer con el príncipe Rana.

—Si de verdad eres un príncipe encantado, ¿por qué el hechizo
aún no se ha roto? —le preguntó a la mañana siguiente la princesa
Marta al príncipe Rana.

El príncipe Rana se movió inquieto en su pequeño trono dorado y
se ajustó su corona brillante.

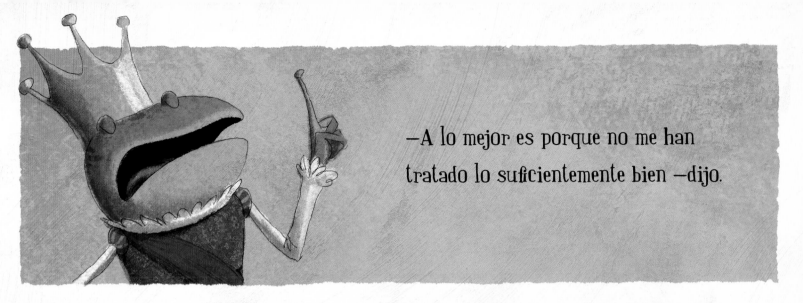

—A lo mejor es porque no me han tratado lo suficientemente bien —dijo.

—A mí me parece que te han tratado fenomenal —contestó la princesa—. Creo que es hora de probar algo distinto. ¿Qué es lo que se dice en los cuentos que siempre romperá un hechizo?

—¡Un beso de AMOR VERDADERO!

—exclamaron emocionadas Marcela y Margarita.

—¡Yo primero! —dijo la princesa Marcela, y plantó un beso en la mejilla pegajosa del príncipe Rana.

—¡Tú no lo quieres tanto como yo! —exclamó la princesa Margarita, que le arrebató a la pobre rana y la besuqueó apasionadamente.

Pero a pesar de todos sus besos, el príncipe Rana siguió siendo una rana. Y al final las dos princesas se dieron cuenta de que eso era lo que siempre había sido y lo que siempre sería.

—Creo que es hora de que vuelva a mi estanque —suspiró la rana, quitándose su corona brillante. Pero estaba tan triste que la princesa Marta no pudo evitar compadecerse de ella.

—Por favor, no te vayas —dijo amablemente—. Cualquier animal que sea tan inteligente como para engañar a mis hermanas promete ser muy divertido. Y aunque no quiera tener un príncipe increíblemente guapo como esposo, ¡me **ENCANTARÍA** tener una rana astuta como amiga!

Tomó a la rana entre sus manos y le dio un cariñoso beso en la mejilla.

En aquel preciso instante, hubo una explosión de humo rosa y la rana se convirtió en un príncipe increíblemente guapo.

De hecho, era **TAN** guapo que la princesa Marta decidió que **SÍ** quería casarse con él después de todo. Así que se dejó caer en sus brazos y ¡vivieron felices por siempre jamás!

Y si este no era el final que estabas esperando, entonces recuerda que...

...¡solo porque se cuente en un libro no significa que sea cierto!